住宅设计
HOUSES
design

LOFT Publications

陕西师范大学出版社

ZITO 迷你建筑设计丛书

这套丛书对近期出现的优秀建筑作品作了一次全面的总结。它将现代流行的商用及居住空间分为10个大类，在结合各类空间特性的基础上，对每一设计详加评述和分析。该丛书不仅涉猎甚广，更真实反映了国际流行的设计思潮，展现了最具诱惑力的设计语言。

1. 休闲场所－建筑和室内设计
2. 酒吧－建筑和室内设计
3. 餐厅－建筑和室内设计
4. 咖啡厅－建筑和室内设计
5. 住宅设计
6. 阁楼
7. 极简主义建筑
8. 办公室
9. 水滨别墅
10. 小型住宅

住宅的发展是一个典型的范例。最初，它惟一的目的就是提供一遮风避雨的地方，而现在它变得非常个人化。我们生活在其中、赖以享受私人生活、远离世界喧嚣的住宅反映了我们每个人在品味、价值观和个性方面的差异。它不仅是实现家居梦想的实验基地，同时也是我们探讨新的生活方式，借以见证和预测家庭、社会，甚至工作环境的种种变化的手段。总而言之，它是购房者及建筑师共同的兴趣、渴望和奇思异想转化成的客观现实。

本书搜集了世界各地的15座住宅。它们的风格各式各样，但是也具有一系列共同的特征。

　　这些建筑都对周围环境表现出了极大的尊重，特别是在与地形之间的结合和相互影响方面。

　　它们传达了一种轻盈之美。早在设计的过程中，建筑师就决心去除一切多余的元素。

　　材料的选择是绝佳的。除了主色调、光线的反射以及经打磨的表面之外，建筑材料构成了建筑的整体形象，赋予它们不同的感觉。材料还决定了建筑物的耐久性及维修方法，这些因素的重要性决不亚于美学方面的考虑。

　　这些住宅反映了多样的建筑理念，拥有令人惊异的结构和风格各异的建筑表现。它们是每一个人梦想中的居所。

深入别墅 Into House

设计：杰克里·塔萨 Jyrki Tasa

摄影：© 朱茜·提埃纳姆 Jussi Tianem，杰克里·塔萨 Jyrki Tasa   地点：芬兰·埃斯普 Espoo

这个由杰克里·塔萨设计的项目代表着结合诗意和理性的尝试。

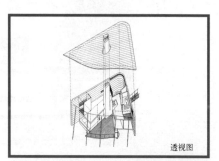

透视图

别墅建于小山之上，面对西方的大海。山顶的岩石使别墅显得轻盈而牢固。一道弯曲的白墙为它遮挡日落时分的眩光。建筑的平面像一把展开的扇子。温暖宜人的室内空间，将北欧的严寒拒之门外。

整个建筑的功能分区非常清晰、系统、实用，而且并不僵化。诗意且具力量感的钢材以及美观悦目的木材为别墅带来温馨动人的氛围。

一条小路延伸到别墅后部的白墙。小路的蜿蜒使游人只能时不时地看到该设计的两大特点：波浪状屋檐和西向立面的高大圆柱。

主入口由玻璃建成，通过一个横跨游泳池的合金小桥就可以到达。

前厅从视觉及功能上连接起内部的各个房间。大层高和玻璃墙形成了壮丽的景观。

曼斯诺村的小屋 Cabin at Masnou Cottage

设计：乔迪·希达罗 *Jordi Hidalgo*、丹妮拉·哈特曼 *Daniela Hartmann*
摄影：© 尤金妮·庞斯 *Eugeni Pons*　地点：西班牙 赫罗那 *Girona*

这一作品表现了现代的建筑语言，却使人回想起历史的村舍风情。

总平面图

小屋是一个简单的建筑，具有矩形平面和悬山屋顶。小屋位于赫罗那地区加罗塔克阿(Garrotxa)火山国家公园的曼斯诺别墅群之中，它是一个独立建筑，也是别墅群不可分割的一部分。

小屋主体是一个石头建筑，以当地常见的火山石和砂浆建造。立面上的窗户不仅小，而且为数不多。小屋第三层在石块之中散布着陶砖，以这种变化改善了屋顶通风。通过一个紧临立面的楼梯可以直通顶层。

小屋立面内部有一个直立的穿孔钢构架，隐藏在石墙之后。小屋的设计思想简单、然而中心突出，各个功能区分布在钢结构支撑的3个楼层上。这一承重系统同原来的墙体相互分离，从墙面回缩1米，由此在南向、北向立面投下了一些横向条纹。

新月别墅 Crescent House

设计：肯·萨特沃斯 Ken Shuttleworth、西奈·萨特沃斯 Seana Shuttleworth
摄影：© 奈杰尔·扬 Nigel Young　地点：英国，威尔特郡 Wiltshire

整个别墅都被涂为白色，反映出当地传统的建筑风格。

肯和西奈在设计时考虑了下列因素：房屋宽敞，日照充足，可与周围环境相适合。他们以其适度、朴素的设计适应了场地和四周充满历史气息的环境。

该建筑位于威尔特郡中心，英格兰最迷人的乡村之一。建筑师将原有建筑全部拆除，同时为了尽可能扩大视野，选在场地的东北角建造别墅。

通向房屋的大门隐藏在树木之中。一个大型的曲面墙壁为访客提供了向导，强调了通道的方向，把我们的注意力吸引到漂亮的花园。到达墙壁的末端之后，我们就能看到整个居所：一个走廊伴随着两个半月形结构，在入口处高度增加一倍。

全部私人空间位于东北方向的半月形结构里面，它是不透明的，具有私密性、可以遮风避雨。卧室、卫生间和更衣室由天花板下面的灯光提供照明，都位于私密的小屋之中。

0 2 4　　　　剖面图

预制房屋 Prefabricated House

设计：安德里亚·亨里克斯 Andreas Henrikson

摄影：© 安德里亚·亨里克斯 Andreas Henrikson　　地点：瑞典，赫尔姆斯塔德 Halmstad

该设计的挑战在于小屋必须适应不同的建造地点并满足各种居住需要。

透视图

建筑师认为该项目是一个可移动的小型多功能空间，可以让人联想起黑色盒子。正是由于这一点，该设计被称为"黑匣子"。小屋的建筑师兼推广人提出构想，小屋不仅可以用来遮风蔽雨，也可以用做工作室、消夏场所、附属建筑、办公室或者学生公寓。每个购买者都可以根据自己的需要和选择的地点，决定这一预制小屋的功能和用途。

小屋是一个三维直角的木框架，上面覆盖着的90片正方形硬板。每块硬板的内外两面都是胶合板。硬板的尺寸以及其他安装部件使便于安装和拆卸。小屋的屋顶是一层橡胶膜，能够抵抗天气变化的影响，具有良好的防水性能。

该设计的目标之一是实现能源的自给自足，从而使小屋与公用建筑有所区别。

斯泰因豪瑟别墅 Steinhauser House

建筑师：马特—马特建筑事务所 *Marte Marte Architekten*
摄影：© 伊格纳希奥·马丁奈斯 *Ignacio Martinez*　　**地点：奥地利，弗萨赫** *Fussach*

该建筑位于运河之畔，外形与周围建筑的主导风格形成呼应。

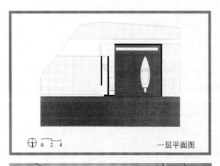

一层平面图

设计采用的简单而正式的设计语言是基于地点的要求：设计小屋的同时，还要设计出一个停泊船只的空间。小屋的风格让人联想到海上船舶，以铝合金嵌板构筑了一个紧凑的空间。

南北两侧的大型窗洞打破了铝合金嵌板的单一性。它们与起居室形成呼应，使室内空间更显开敞。房屋底层设有一个金属卷帘门，遮挡了停泊小船的空间。

室内选用轻便、便于安装和保温的材料。暗红色的混凝土板被用做地面、厨房设施和烟囱的贴面。卫生间和卧室紧紧相邻，位于小屋的西侧，需要通过一个宽敞的室内空间才能到达。

托勒斯别墅 House in Torrelles

设计：罗布·迪布瓦 Rob Dubois

摄影：© 乔迪·米罗斯 Jordi Miralles　地点：西班牙，巴塞罗那 Barcelona

别墅的紧凑设计源自于该建筑所处地层的脆弱性。

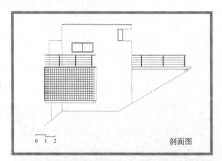

剖面图

别墅位于稠密的树林当中，自然景观独特。紧邻巴塞罗那快速发展的城区以及特有的地理因素使得该地区的地层非常脆弱。别墅采用垂直设计，整体高度不是很高，北侧紧邻公路。建筑师以这种方式使别墅对地形的影响降至最低限度。

别墅由两个包围着一个矩形空间的楔形空间构成。两端楔形空间设置了厨房、卫生间等功能区，起居室、卧室等主要活动空间则分布在矩形的空间内。别墅中部直线空间和两端曲线空间的对比丰富了该建筑的设计语言。主空间都处于场地纵轴上，在别墅的北侧更可以俯瞰整个山谷。

各个功能区分布在3个楼层之中。顶层有一个小入口，与一个狭长的平台相连。一个轻巧的合金楼梯通向这个平台，人们可以站在平台上浏览四周景色。

克里斯特佛利尼别墅 Cristofolini House

设计：乔治白·卡鲁索 Giuseppe Caruso
摄影：© 马提奥·匹萨 Matteo Piazza　　地点：瑞士，日内瓦 Geneva

这一设计着重表现了木材的特点以及该地区的乡间建筑风格。

0 1 2　　　　　　　　　　　立面图

这座建筑始建于1761年，1878年因农场的需要进行扩建。设计的目的是复原建筑的原结构，同时强调建筑中颇具当地农家风情的历史元素。

为了复原该建筑的室内空间，建筑师拆掉了一些分隔墙。这个过去用做饲养牲畜和储藏草料的地方又恢复了最初的朴素美感，现在它是一个高达15.5米的壮丽前厅。在尊重瓦特省典型农舍风格的同时，建筑师重新规划了建筑的立面。高大的正门被细分为4个大玻璃窗格，还设置了一扇紧邻窗户的小门。

为了强化木结构（门、橡、楼梯和扶手）的重要性并突出它们的视觉冲击力，建筑师安装了聚光灯。它们不仅能突出木材美观的纹理，同时也为通道和次级区域提供了照明。底层地面选用混合了水泥和树脂的勃艮第石材，再现了当地石材的外观。

埃尔金新月 Elgin Crescent

设计：迈克里斯·博伊德建筑协会 *Michaelis Boyd Associates*
摄影：© 贡纳·克涅切特 *Gunnar Knechtel*   地点：英国，伦敦

外观与材料的简单是这座位于伦敦的秀丽别墅最主要的特点。

简单的线条，明快的建材赋予各个空间以干净、安详的气氛。这样的设计并没有妨碍空间的合理使用。

建筑师充分利用底层空间安排盥洗室、中央电气控制板、酒窖、暖气间以及放鞋的壁橱。厨房也位于同一区域，与外侧平台相连。地下室天花板的一部分由玻璃构成，使光线可以透入。

其余房间分布在余下的4个楼层当中。一层为门廊和宽敞、整洁的起居室。二层设置了一个配有卫生间和更衣室的豪华套间。剩余的两层构造相似，由一个橡木楼梯相连。儿童房的家具是定制的，选用彩色软木地板。

二层楼梯上方的玻璃屋顶具有令人惊异的视觉效果。

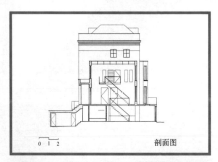

0 1 2   剖面图

拉曼别墅 Raman Villa

设计:克拉森·柯威斯诺·罗恩建筑事务所 *Claesson Koivisto Rune Arkitektkontor*

摄影:© 帕提克·安魁斯特 *Patrik Engquist*　　地点:瑞典

在这所现已改建为别墅的传统乡间学校中,庄严和宽敞是其主要的特色。

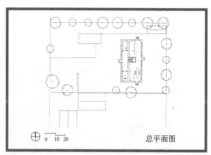

总平面图

这所位于瑞典南部的乡间学校现在归属于一位陶艺师及她的丈夫。原来,学校的一层有两间教室,二层设有一个健身房。改建设计以空间的宽敞整洁以及线条的简练为特点,选用白色为别墅的主色调,使这里营绕着一种近乎修道院的简朴气息。

主卧室和客房都设在二层,楼下的两间教室则改建成厨房、餐厅和工作室。房间之间以玻璃滑门隔开,保证了光线的通透和开敞的视野。

松木地板经过漂白,卫生间以粗陶制品铺地。立面上的几个大窗户以及具有导向作用的小楼梯是该设计的标志。

水塔 Water Tower

设计: 乔·克里潘建筑事务所 Jo Crepain Architects

摄影: ©斯芬·埃尔拉特 Sven Everaert   地点: 比利时, 布拉丝赫特 Brasschaat

这栋建筑是材料再利用的绝佳代表: 一个由旧水塔改建而成的舒适的家。

总平面图

这个圆柱型的水塔位于比利时一条河流旁的树林之中。现在被改建为一个供单身人士居住的垂直空间。混凝土建筑被分割为连续的方形平台, 搭在垂直的柱子上面。一个蜿蜒到水塔顶部的合金楼梯将各个平台连接在一起。

建筑师兼风景画家乔·克里潘采用了简洁、朴素的材料, 如磨面混凝土、玻璃和金属。建筑师不但保留了原有的结构精髓, 还竭力将它融入到周围环境之中。

塔的基部为矩形, 比上面的部分要宽, 因此建筑师将厨房、餐厅、主卧室等最常用的功能区设置在这里。上面各层则用作办公室、客房、冬季花园和会议室。水塔的位置、高度以及外部材料(双面磨光的玻璃窗), 使每一个角落都能够享用阳光和自然美景。

天堂别墅 Nirvana House

设计:乔迪·卡萨迪沃 Jordi Casadevall

摄影:© 乔迪·米罗斯 Jordi Miralles　地点:西班牙,弗尔多雷克斯 Valldoreix

纯白墙面与一系列沿着斜坡整齐排列的柱子构成了别墅的外观。

立面图

0 4 8

天堂别墅成功地与其周围环境建立了一种对话。

该别墅位于静谧的弗尔多雷克斯,距离巴塞罗那仅几里之遥。房屋占地3025平方米,适合一个家庭专用。别墅建于场地北部的最高点,如此选址使部分地中海松得以保留,起到降暑和美观的作用。

别墅底层地板长达40米,由坚硬的平行六面体石材铺成。底层上方设有两个合金方形空间,留给主人及其客人使用,这两个方形空间赋予原来平坦的屋顶极具个性的外观。底层空间与上层方形空间的错落位置、色彩和材料的强烈对比反映出二者的不同特性。上层方形空间的设计加强了底层空间的厚重和坚固之感,从而使整个建筑更加显露出轻盈的动感。

多数入口都位于底层北侧,与车库入口分开。松树林为这座别墅增色不少,位于上下两层空间交汇处的主入口最能体现这一特点。

代顿别墅 Dayton House

设计：文森特·詹姆斯建筑协会 Vincent James Associates
摄影：ⓒ东·翁 Don Wong 地点：美国，明尼阿波利斯 Minneapolis

这幢多功能建筑设计上的创造性在于：尽管采用了复杂的设计，仍然能在视觉上给人以安详之感。

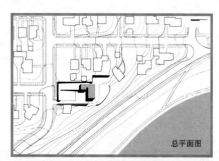

总平面图

别墅位于美国明尼阿波利斯市郊的一个雕塑园中，体现了建筑空间中"实"与"虚"的互动。打开玻璃门，使之滑进墙体，就能减弱建筑外观的僵硬感。临近湖上吹来的微风轻拂整栋别墅，其独特性就在于其外观的简洁。

建筑师以不对称的方式分割场地：东北为高地，西南则是车道和平地。别墅一侧配楼的作用有如承重墙，被设置为车库和服务性空间。与之垂直的配楼一层被设为餐厅、起居室，二层则为卧室。一条目力可及的通道穿过庭院，在建筑物中划出一个两层高的空间，通道从入口伸向花园，一直延伸到湖边。

在本项目中，两个配楼充分体现出力量感与独立性。

维尔里奇别墅 Wierich House

设计：多灵、达赫曼与乔里森工作室 Doring，Dahmen & Joeressen
摄影：©古纳尔—雅尔工作室的斯蒂芬·特尔曼 Stefan Thurmann，Gruner & Jahr　　地点：德国

> 花园的设计仅是整个房屋设计的一角。这一设计别具匠心，从细微之处即可以看到这一点。

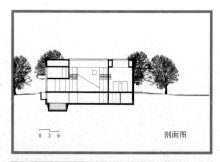

剖面图

房屋位于德国鲁尔区，占地1600平方米。它的设计思想清晰明确，其设计上不同凡响之处颇得居住者的欢心。建筑师把功能区都集中到一个矩形平面的主空间当中，打破了垂直状态，由此起居室和饭厅可以面向东南。

在结构方面，设计方法同项目本质互相吻合。主体部分由钢筋混凝土构成，可以提供足够的强度，以补偿地面不平造成的压力。增加的三角区域由不锈钢构成，用做起居室和饭厅。由于整个正立面均为玻璃，因此自然光可以自由进入房屋。

一层地板是复杂功能设计中最大的延伸部分。电梯间和楼梯将卧室同服务区分割开来。这种垂直的连接联系了房屋的不同楼层，从地窖和车库一直到上层。同时，由于这个空间整体都在玻璃包围之下，因此还可以视做有遮蔽的院子。

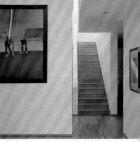

施科特别墅 Schickert House

设计：多灵、达赫曼与乔里森工作室 Doring，Dahmen & Joeressen
摄影：© 马诺斯·迈森 Manos Meisen   地点：德国，米尔布斯赫 Meerbusch

建筑师高超的设计表明，他在应对先前存在的因素和项目要求方面游刃有余。

第一眼看到这栋房屋时，给人的感觉是：它是为一个家庭特别设计的。简单、现代的建筑之内包含了传统的家居空间，一个很大的花园围绕着建筑。

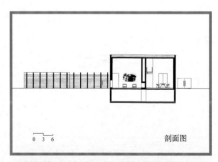

剖面图

从北面的街道，访客可以通过一个矩形的院子进入屋内。这个开放的空间起到了公共城区和居所私密之间的过滤作用。建筑师为我们提供了一个远离城市喧嚣的休息之地。

从设计之初，建筑师就没有考虑临街正面的孔状设计。房屋背对着外围地区，创造一个居住者喜欢的私人空间，而且具有美感，这是非常重要的。在这一设计思想指导下，一些窗户的位置较低，透过窗户只能看到花园的景色。

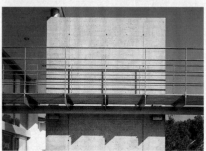

该建筑遵守着一个非常严格的规则：轻巧、隔热的石块和支撑水平面的金属结构要相互配合。花园的设计使房屋设计锦上添花，致力于反映居住者的生活方式：独享宽敞、充满阳光的空间。

P 别墅 P House

设计：帕赫夫建筑事务所 *Pauhoff Architects*

摄影：© 马托奥·匹萨 *Mateo Piazza*　　地点：奥地利，格拉马斯德特恩 *Gramastetten*

> 别墅的南墙巧妙地结合了钢材、木头和玻璃这3种材料，强化了阳光的温暖、明亮。

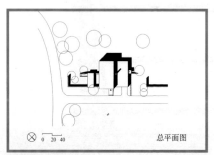

总平面图

该项目的价值在于材料的选择，以及对质地和细微细节所进行的控制。

这栋由建筑师迈克尔·霍夫斯塔特和沃尔夫冈·帕森博格为单个家庭所设计的房屋位于奥地利乡村，深处良田之间，树木星星点点，小山远在背景之中，环境颇具地中海风格。

这个项目要求简化建筑风格，以适合人们居住，这只有在被作为一个微妙的感情创伤过程时，才会被深刻地理解。这解释了人们在观察、理解最少线条和平面设计方法时所深深体会到的不适感。

这些表面上简洁的几何图形隐藏了进行复杂的内外空间设计时所遇到的困难。这些空间仅由薄薄的隔断和屏风所分割。一方面，从风格的角度来说，大幅度减少几何构图似乎将我们带入一种最精致的简单和朴素；另一方面，它还能让我们从更多的角度来解释这个非常复杂的设计。

这个居所由两大部分构成。一个部分经过抛光，看起来具有轻盈之感，这部分看不到支撑物；另外一个部分体积更大，更粗犷、沉重，这部分由混凝土构成。房屋的内部地板体现了传统的美感。

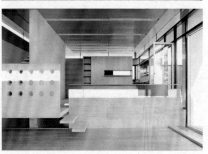

ZITO 双子座丛书

　　这套"双子座"建筑艺术丛书极其注重内容上的对比性，揭示了艺术领域中许多对立而又相互依托的有趣现象。它既讨论了建筑界各种设计风格之间的比较，也分析了建筑界与跨领域学科之间的联系与对比。它们全新的视角尤其值得注意，在著名建筑师与画家之间展开了别开生面的比较，以3个部分进行阐述，建筑师和画家各自生平简介以及主要作品的赏析各占一个部分，第三个部分则是对两位艺术家所创作的艺术形象及其艺术理念的比较。每册定价38元。

极繁主义建筑设计

极简主义建筑设计

瓦格纳与克里姆特

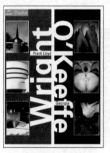

赖特与欧姬芙

米罗与塞尔特

达利与高迪

里特维尔德与蒙特利安

格罗皮乌斯与凯利